地下100层的房子

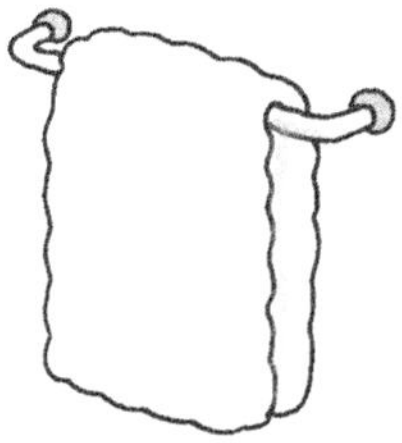

〔日〕岩井俊雄◎著
刘洋◎译

北京科学技术出版社

有一个名叫小空的女孩，
她非常喜欢洗澡。

有一天，小空正在家里洗澡，
突然，从洗澡水中传来一个陌生的声音。
『小空，我家住在地下第 100 层，
我们要举办一个晚会，你想不想参加？』
『啊，吓我一跳！你是谁啊？』
『我家的入口就在湖对岸的火山脚下，
你一定要来啊，我等你！』
说完，这个神秘的声音就在洗澡水中消失了。

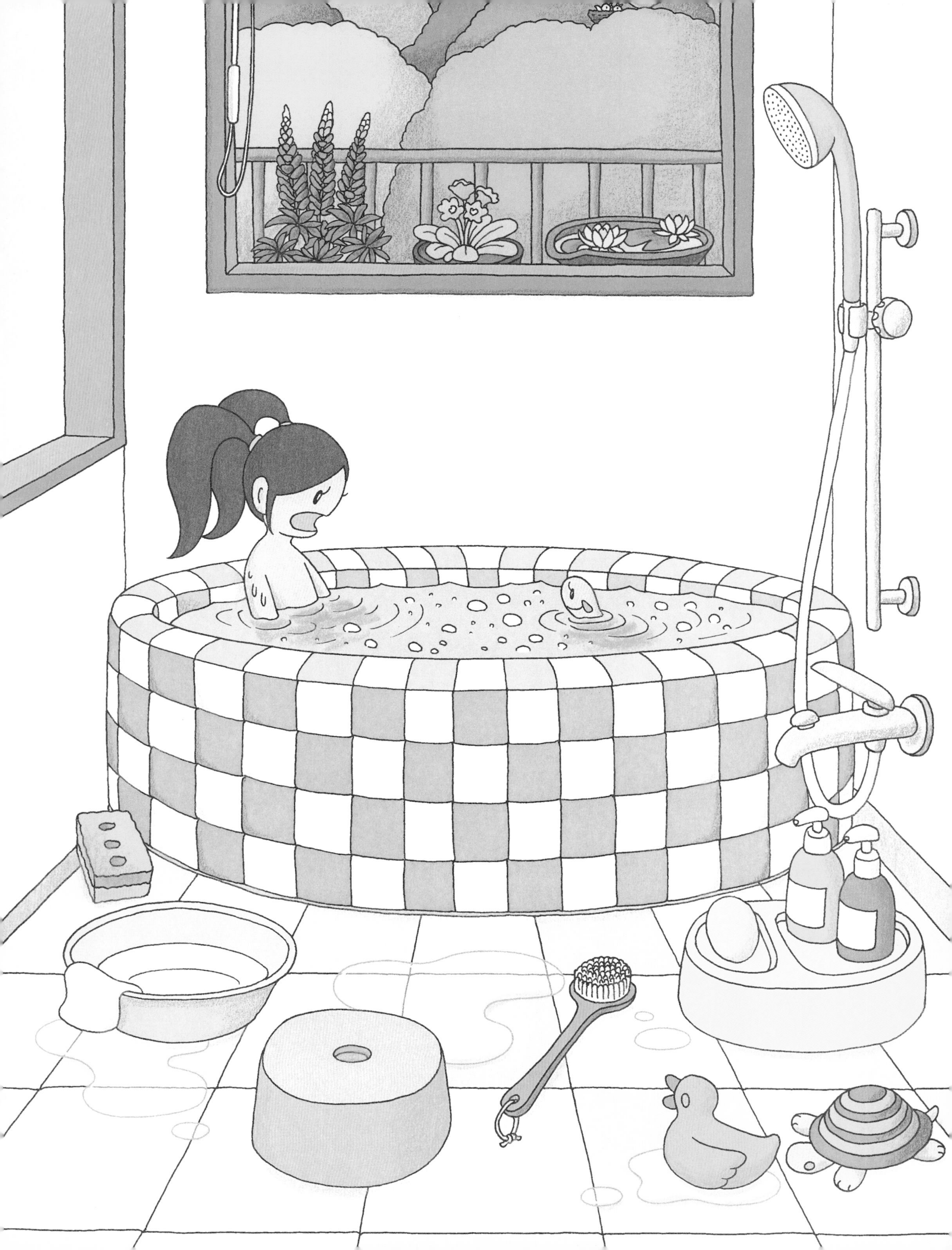

『在地下第 100 层举办的晚会是什么样子的呢？
好想去看一看啊！』
小空鼓起勇气，决定去参加那个神秘的晚会。

可是，来到火山脚下，
小空却怎么也找不到入口。
她不知如何是好，
只好在附近找来找去……

『啊！』

突然，小空滑进了
一条地下隧道中。

『哎哟哎哟，没摔伤吧？』

『对不起！请问，这里是要举办晚会吗？』

『是啊，你也是接到邀请来参加晚会的吧。我们一会儿再见！』

小空走下楼梯，朝着地下第 100 层走去。

『这里是兔子的家吗？』

『是啊。这里每十层住着不同的小动物哦。』

小空来到了地下第10层，下面住的会是谁呢？

住在这里的是浣熊！
B11
B12
B13
B14
B15
『玩得浑身脏兮兮的，妈妈不会生气吗？』
『不会不会！妈妈最喜欢洗衣服了。』

小空来到了地下第20层，
住在下一层的会是谁呢？

『哎呀呀，全身都是泥！待会儿不是要去参加晚会吗？
等一下，我给你洗洗。』
『谢谢浣熊妈妈！』

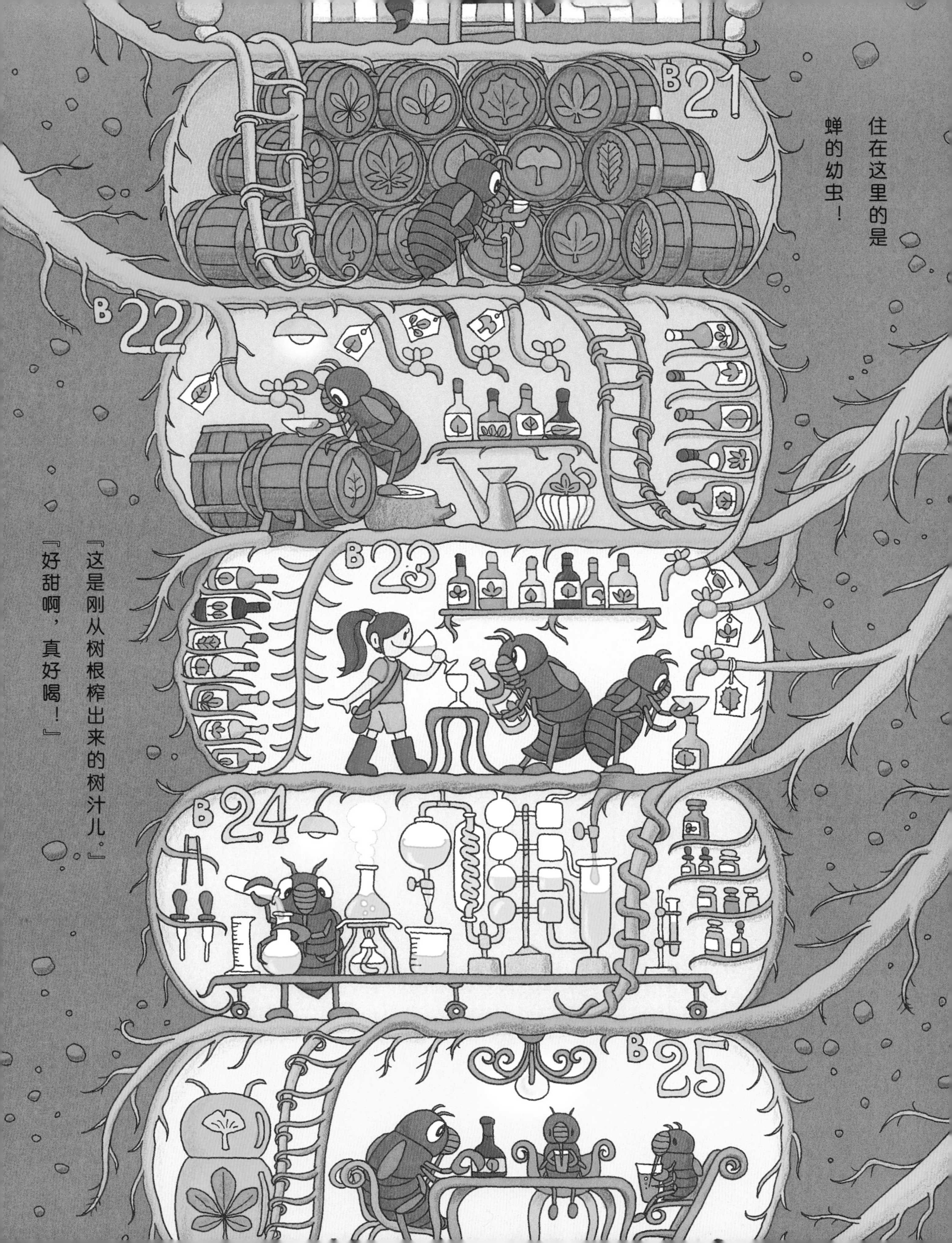
住在这里的是蝉的幼虫！
B21
B22
B23
B24
B25
『这是刚从树根榨出来的树汁儿。』
『好甜啊，真好喝！』

『为了长大后能唱出动听的歌，
我们都在努力练习呢。』
『跟我唱！知了——知了——』

小空来到了地下第 30 层，
住在下面的又是谁呢？

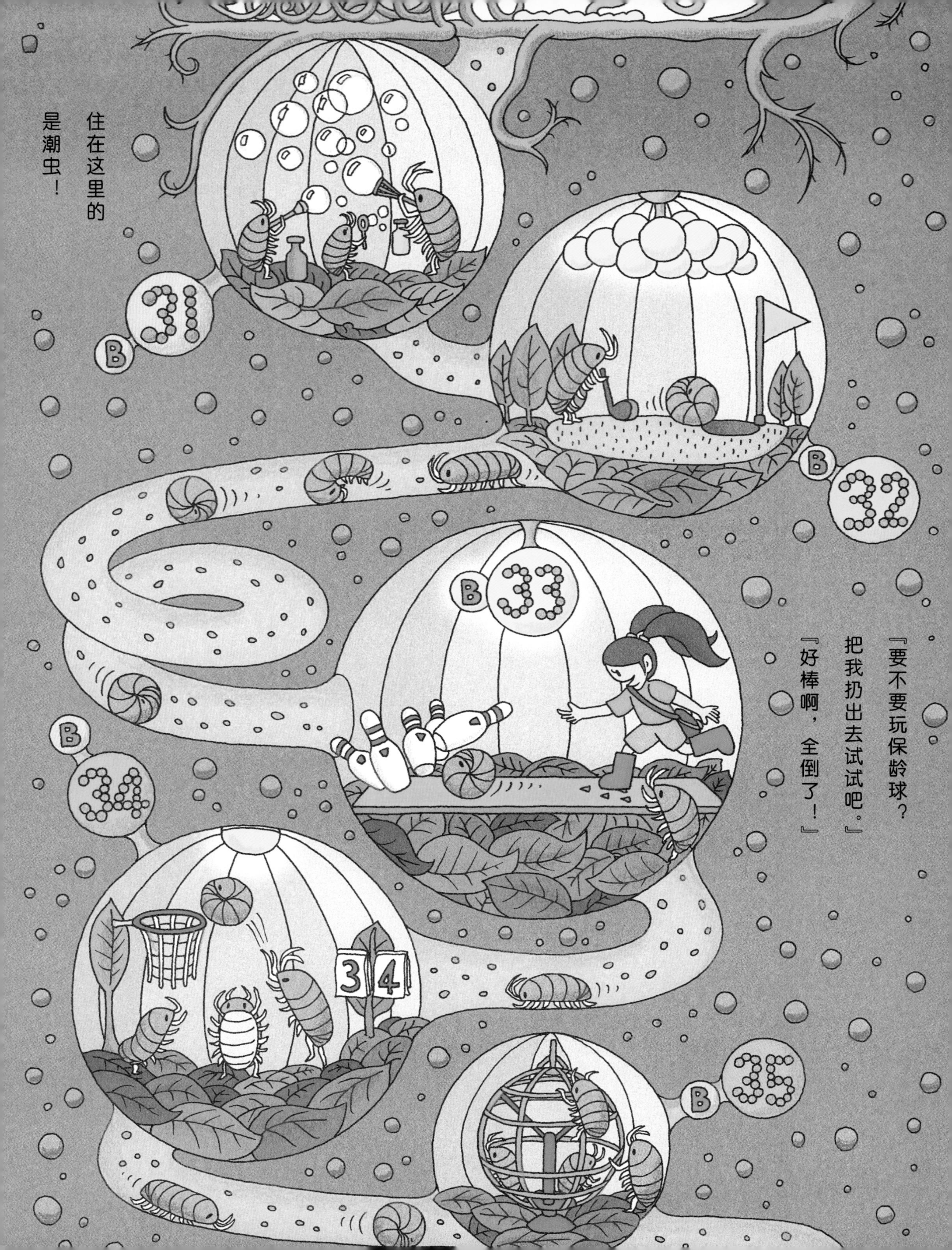
住在这里的
是潮虫！
B 31
B 32
B 33
B 34
34
B 35
『要不要玩保龄球？
把我扔出去试试吧。』
『好棒啊，全倒了！』

B37
B36
B38
B39
B40
『我们正在把落叶卷起来做团子呢。』
『我也要试试！』

小空来到了地下第40层，猜猜住在下面的是谁？

住在这里的
是蚂蚁！

『哇，看起来真好吃！好想吃一口』

『这是生日蛋糕，你一会儿就可以吃到了。

哇，今天好忙啊！』

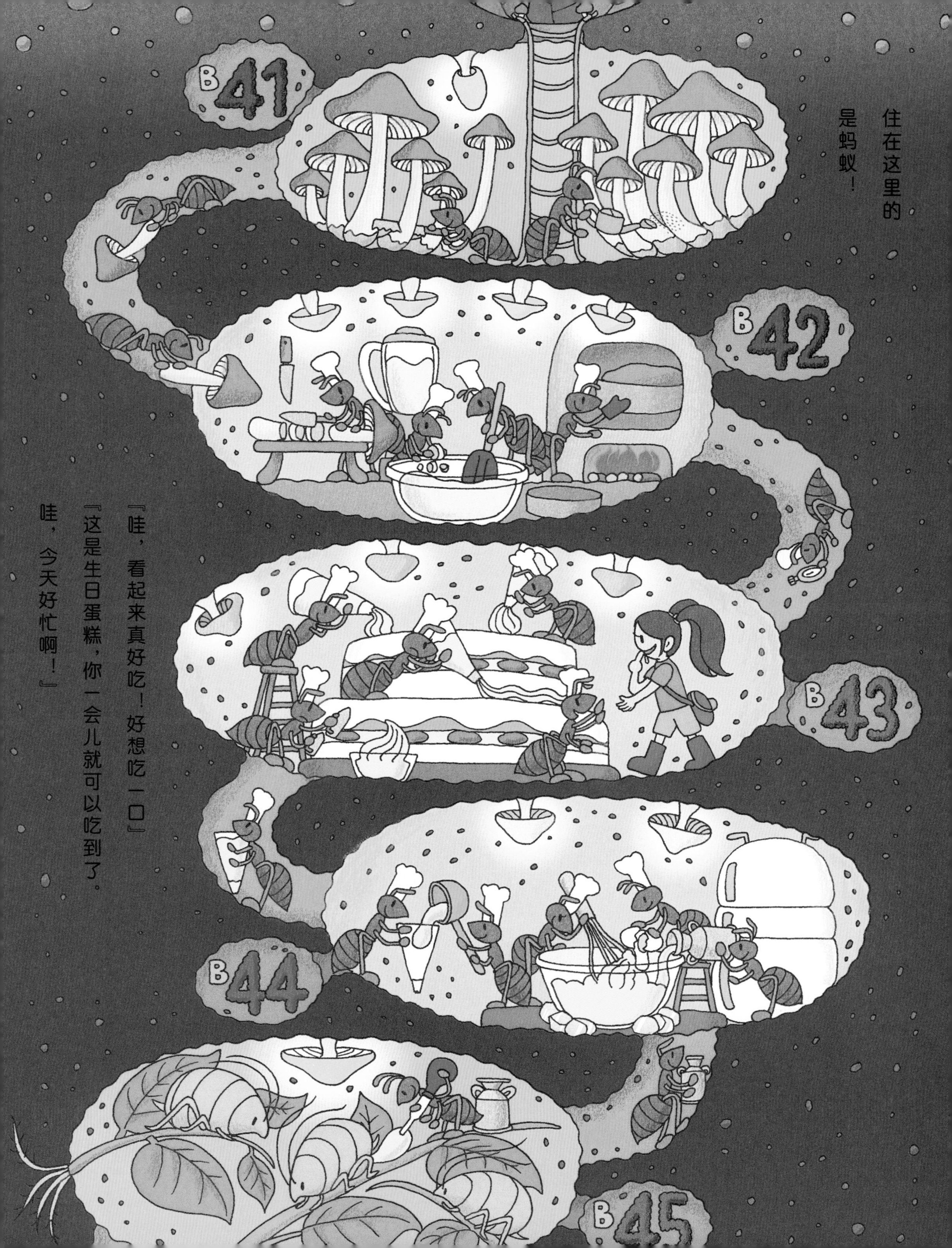

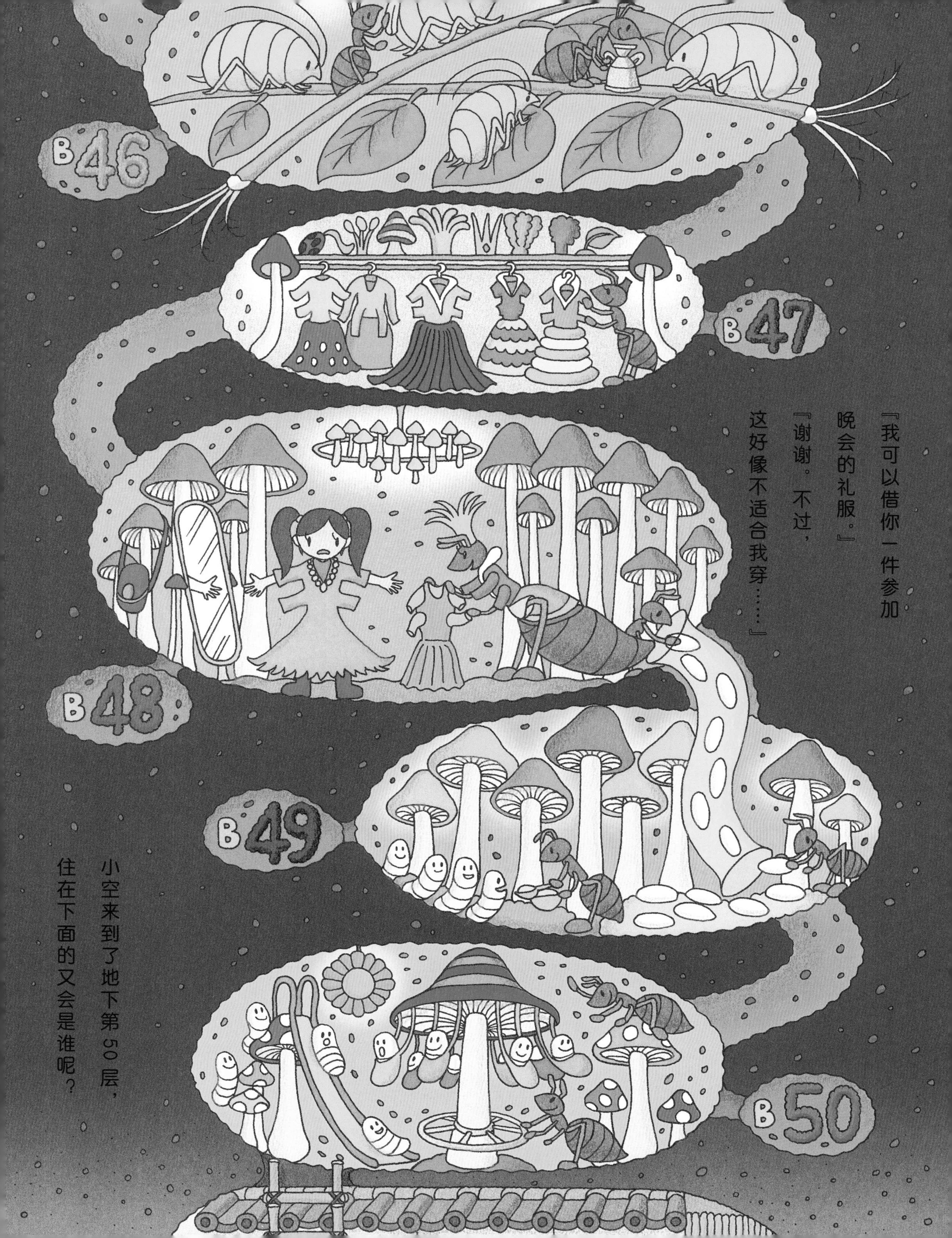

『我可以借你一件参加晚会的礼服。』

『谢谢。不过，这好像不适合我穿……』

小空来到了地下第 50 层，住在下面的又会是谁呢？

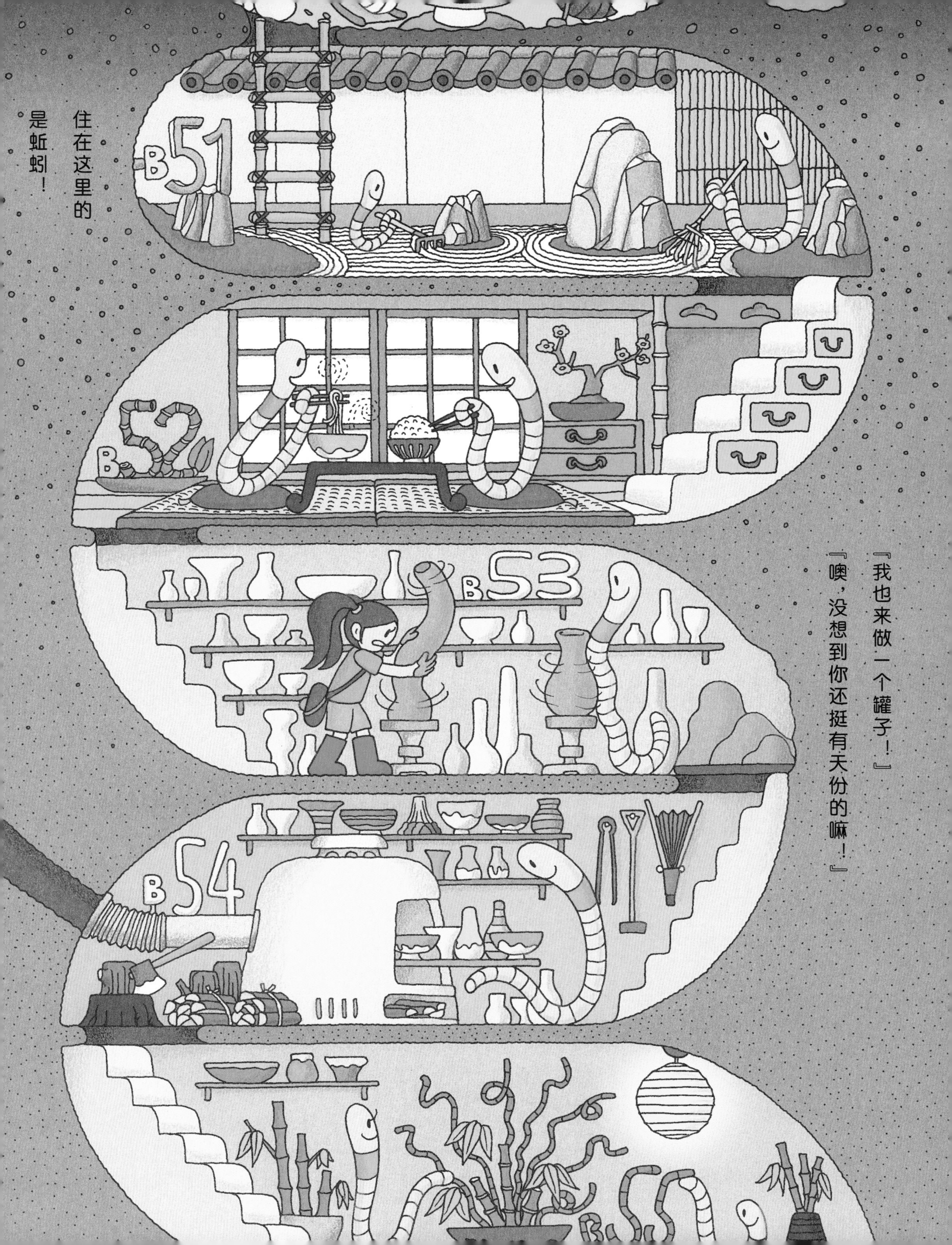

住在这里的
是蚯蚓！
B51
B52
B53
B54
B55
『我也来做一个罐子！』
『噢，没想到你还挺有天份的嘛！』

小空来到了地下第60层，
下面住着谁呢？

『你这是写什么呢？』
『呵呵，保密。一会儿你就知道了。』

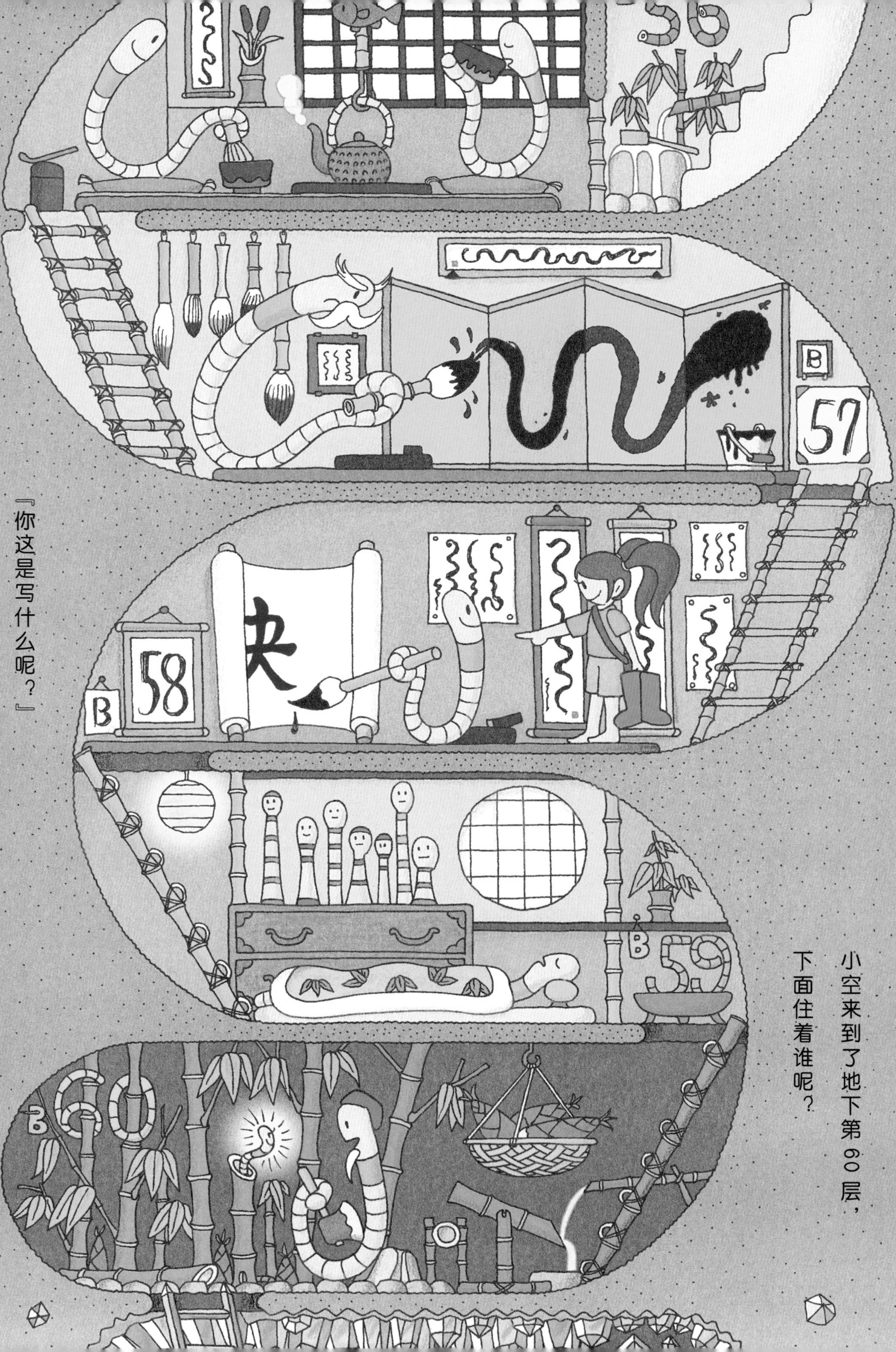

住在这里的
是刺猬！

『我正在开采宝石！』
『啊，这块石头在闪着七色光呢！』

『这是我刚刚出生的小宝宝，想不想抱一下？』

『真可爱！可是，我应该抱哪儿呢？』

小空来到了地下第 70 层，

住在下面的会是谁呢？

正当小空疑惑的时候，忽然看到了一只蜥蜴！

『你在挖什么？』

『我发现了非常稀有的化石哦。』

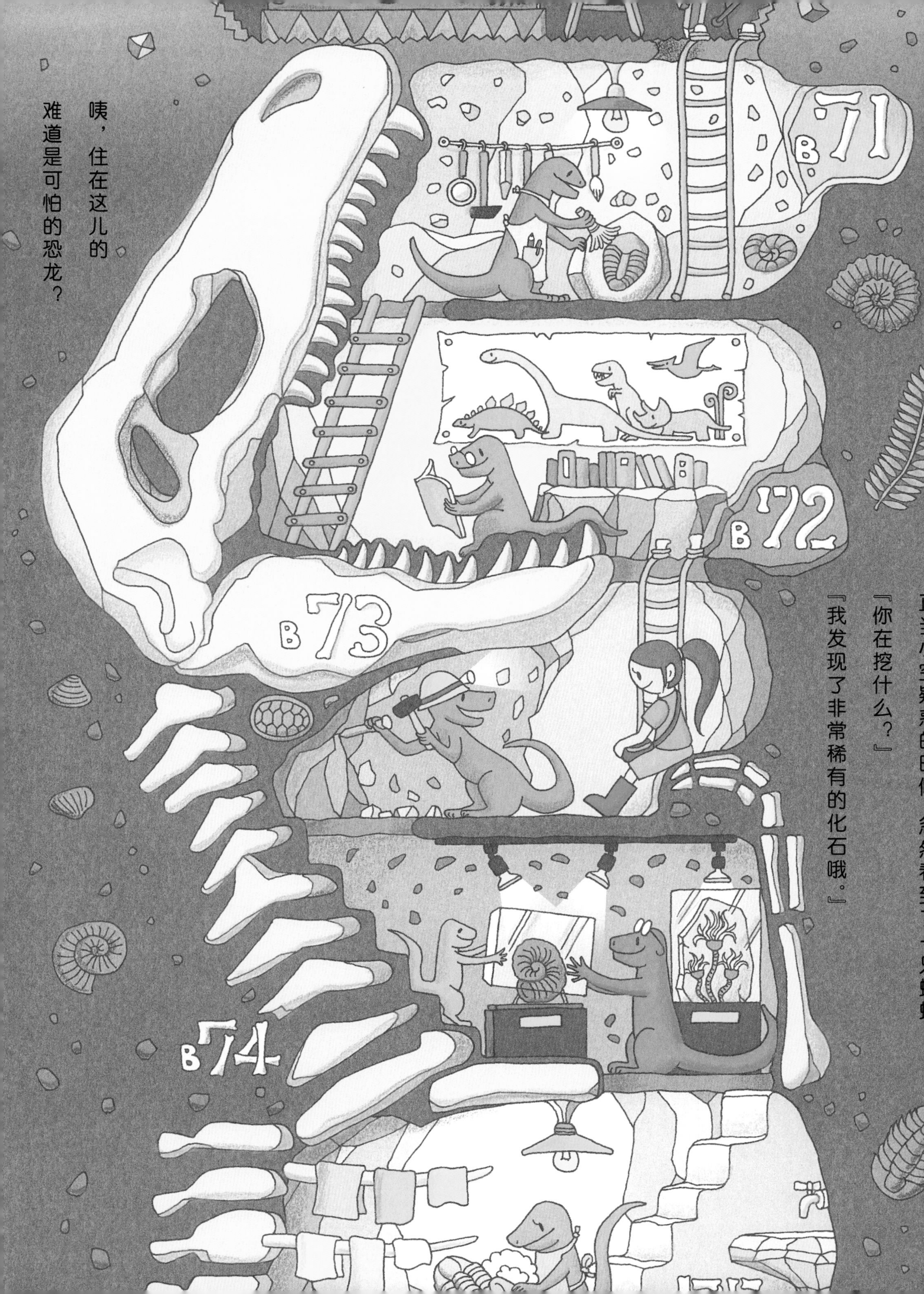

咦，住在这儿的

难道是可怕的恐龙？

小空来到了地下第80层，
住在下面的是谁呢？

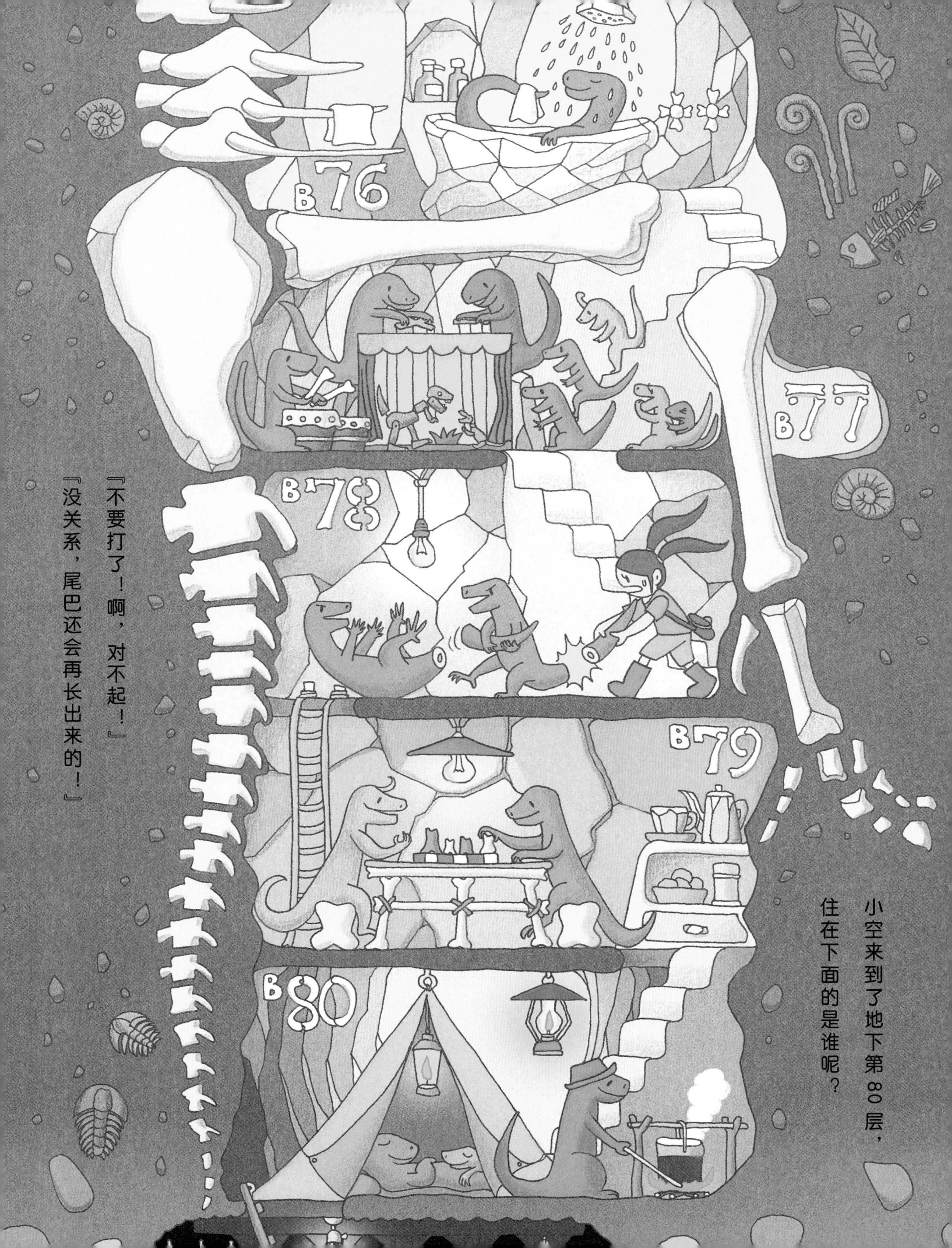

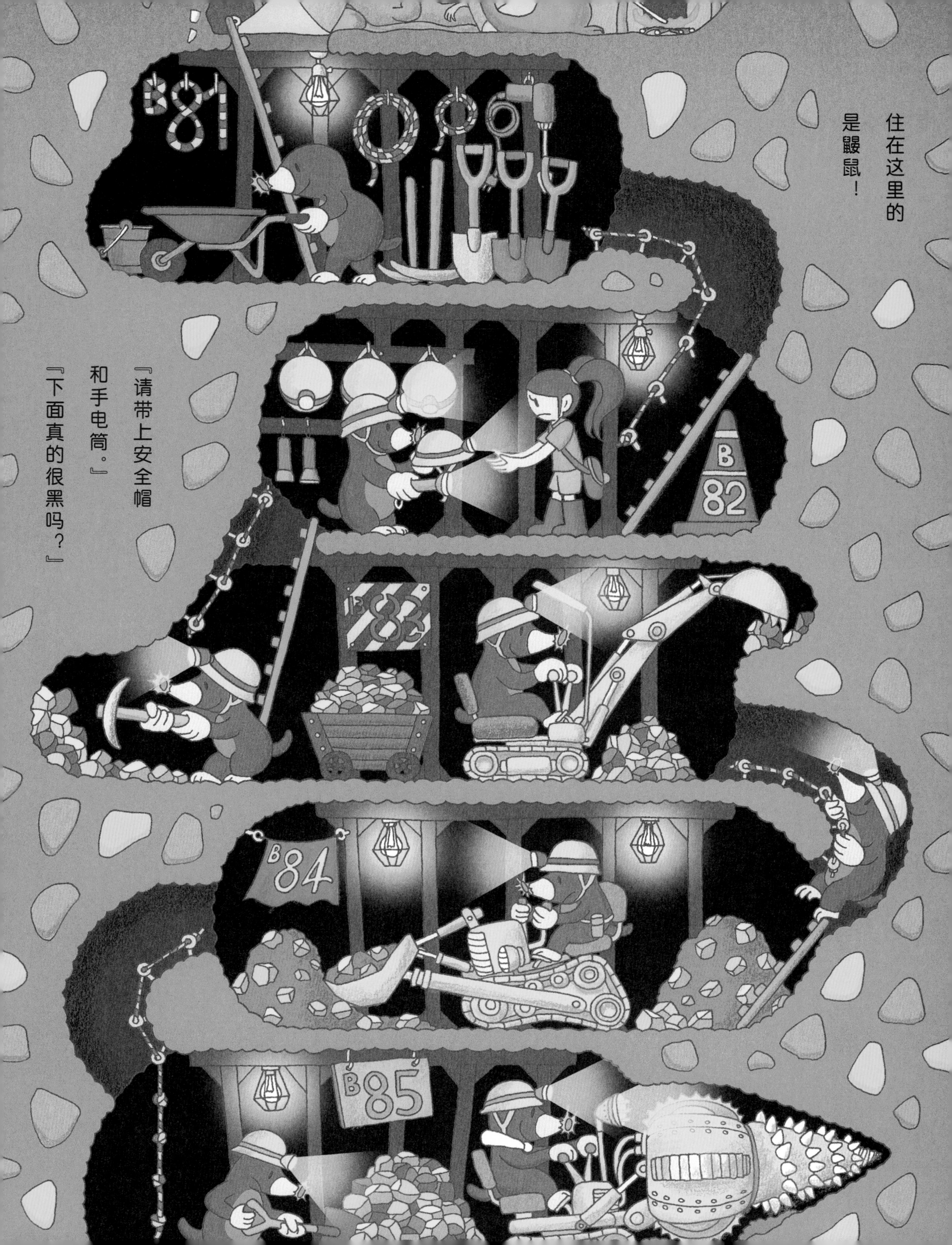
住在这里的
是鼹鼠！
『请带上安全帽
和手电筒。』
『下面真的很黑吗？』
B81
B82
B83
B84
B85

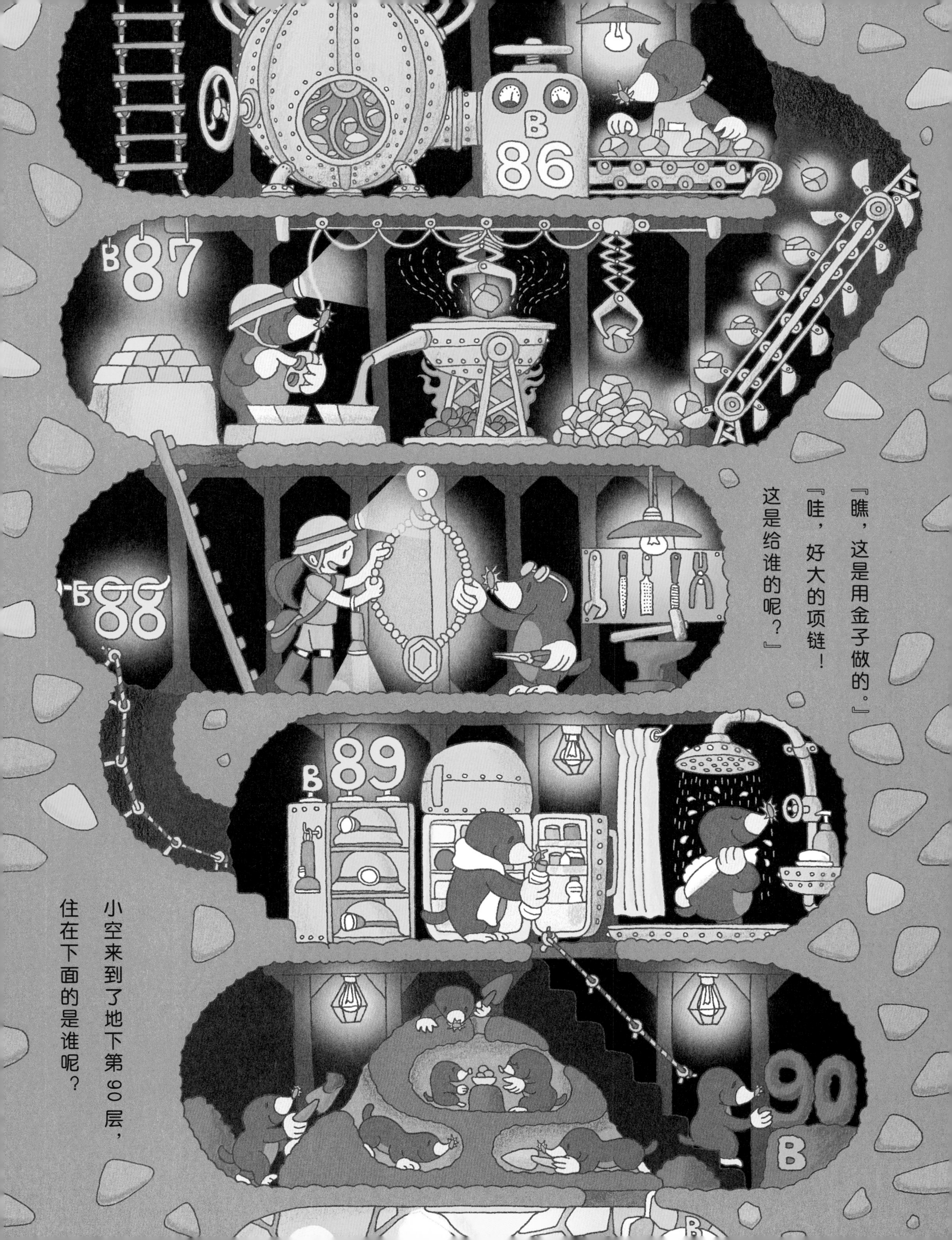

『瞧，这是用金子做的。』

『哇，好大的项链！这是给谁的呢？』

小空来到了地下第 90 层，住在下面的是谁呢？

住在这里的
是乌龟！
B91
B92
『由于火山岩浆的热量，在这里可以泡温泉呢！』
『噢，所以才会这么热啊！』
B93
B94
B95

马上就要到
地下第100层了。
『小空，你终于来了！
晚会马上就要开始了，我们走吧。』
『原来是你邀请我的啊！』

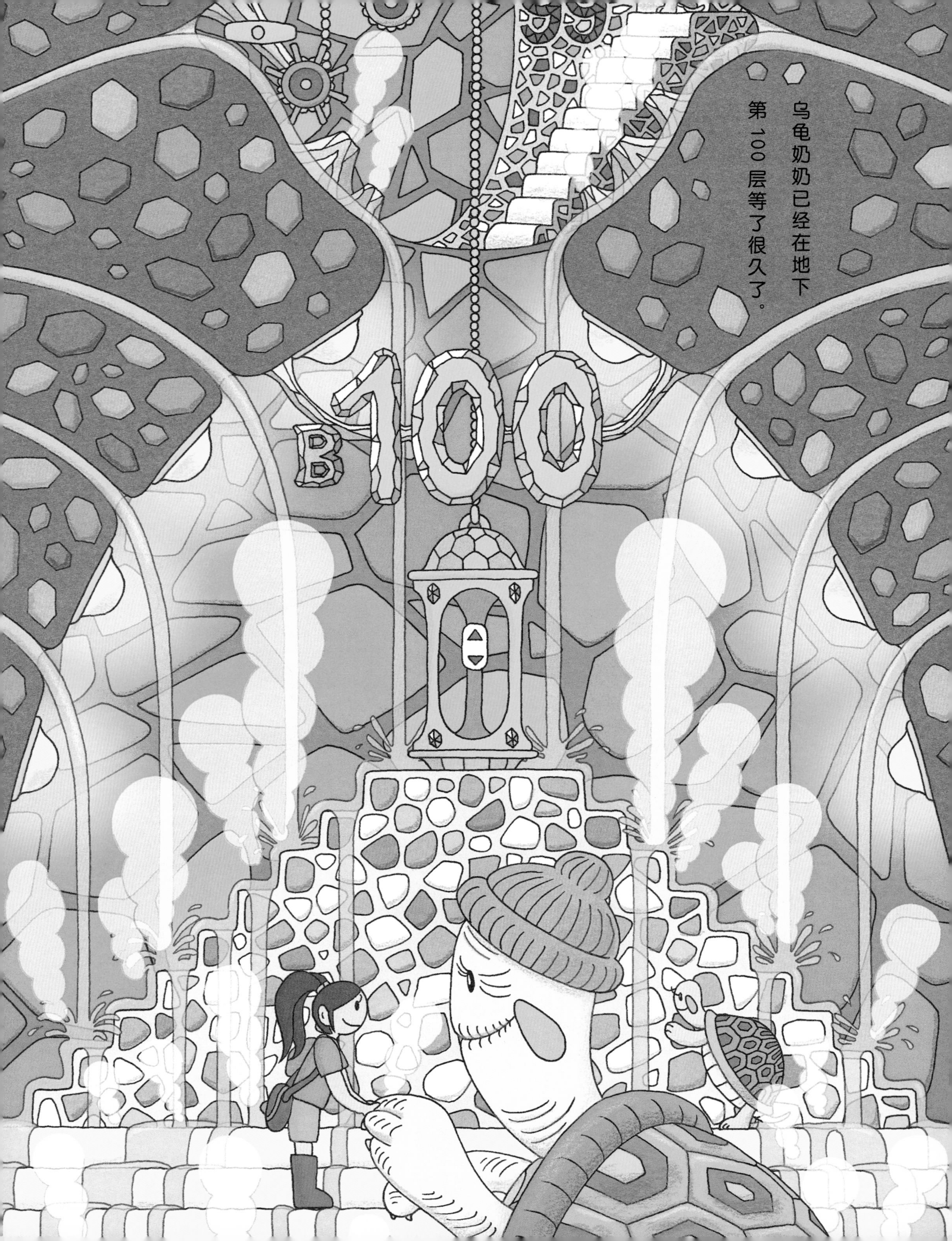
乌龟奶奶已经在地下
第 100 层等了很久了。
B100

『这是我奶奶，她今天就要 100 岁了。』

『原来是生日晚会啊！
乌龟奶奶，见到您很高兴。
祝您生日快乐！』

『谢谢你，小空！
走了这么远，一定很累了。
来，先泡个温泉吧。』

在晚会开始前，小空泡了个温泉。
在地下第 100 层洗澡的感觉
真是太特别了。

100岁
生日快乐

生日晚会开始了。动物们一个接一个地给乌龟奶奶送来生日礼物。小空帮乌龟奶奶擦洗了背上的壳，洗得非常干净，乌龟奶奶看起来很高兴。

大家吃完美味的蛋糕后，乌龟奶奶说：『小空，我送你回家吧，快爬到我背上来。』小空刚爬到乌龟奶奶的背上……

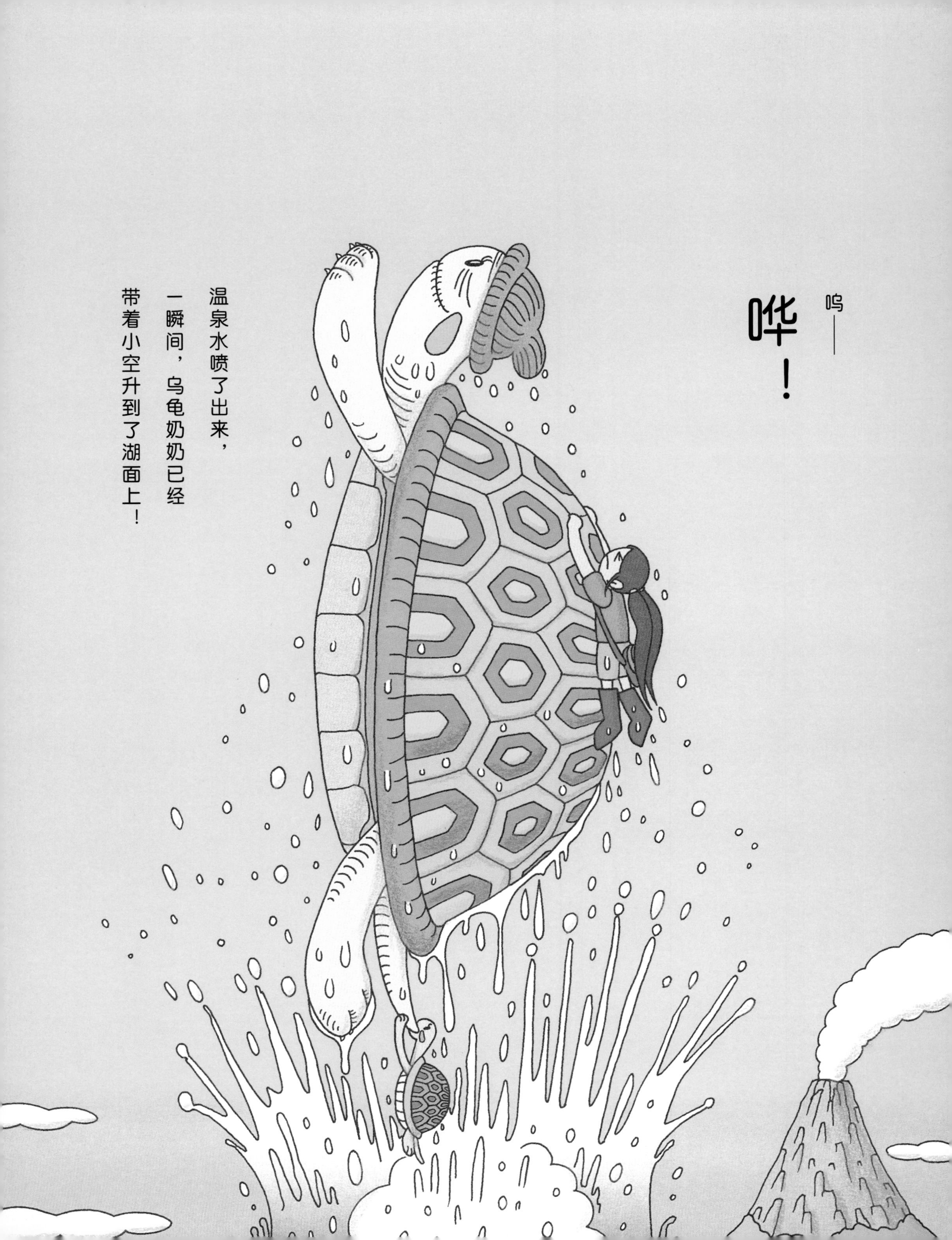
呜——
哗！
温泉水喷了出来，
一瞬间，乌龟奶奶已经
带着小空升到了湖面上！

『小空，谢谢你！』
『欢迎你下次再来玩。』
『今天我过得非常愉快！
乌龟奶奶，请多保重！』
小空回到了家，
她的心里暖暖的。
完

岩井俊雄

生于 1962 年，绘本作家、多媒体艺术家。

小时候的某一天，母亲对他说："以后不再给你买玩具了。"从那以后，母亲给了他各种制作工具来代替玩具，由此激发了他自己制作各种东西的兴趣。

1985 年就读于筑波大学艺术专业时，获得第 17 届现代日本美术展大奖，成为有史以来最年轻的获奖者。此后，他多次在国内外美术展上展出观众可以参与的互动作品，引起广泛关注。曾参与电视节目《UGO UGO RUGA》、宫崎骏三鹰美术馆电影展示《龙猫蹦蹦跳》和《上升气流》的设计以及任天堂 DS 软件《电子浮游生物》的制作，还与雅马哈共同开发了乐器 TENORI-ON，并负责制作了 NHK 幼儿教育节目《INAIINAIBA》的开幕动画。其多个设计以独特的构思和巧妙的设计成为所在领域的优秀代表作品。

现在的岩井俊雄是两个女儿的爸爸，他希望能利用书籍和博客发掘更多亲子之间相处的乐趣，并和更多人分享。

主要作品有《欢迎来到岩井家！》《岩井家的哪个呢？》《岩井家的小铆钉》《哪里不对呢？special》《创意从哪里来？》《100 层的房子》《地下 100 层的房子》《海底 100 层的房子》《天空 100 层的房子》《小手指的大冒险》等。

著作权合同登记号　图字：01-2016-2988

图书在版编目(CIP)数据

地下100层的房子 /（日）岩井俊雄著；刘洋译. —2版. —北京：北京科学技术出版社，2018.8（2019.11 重印）
ISBN 978-7-5304-9703-6

Ⅰ.①地…　Ⅱ.①岩…　②刘…　Ⅲ.①儿童故事－图画故事－日本－现代　Ⅳ.①I313.85

中国版本图书馆CIP数据核字（2018）第112870号

地下100层的房子

作　　者：〔日〕岩井俊雄	**译　　者：**刘　洋
策划编辑：刘　洋	**责任编辑：**向　静
责任印制：李　茗	**封面设计：**沈学成
出 版 人：曾庆宇	**出版发行：**北京科学技术出版社
社　　址：北京西直门南大街16号	**邮政编码：**100035
电话传真：0086-10-66135495（总编室） 0086-10-66161952（发行部传真）	0086-10-66113227（发行部）
电子信箱：bjkj@bjkjpress.com	**网　　址：**www.bkydw.cn
经　　销：新华书店	**印　　刷：**北京捷迅佳彩印刷有限公司
开　　本：889mm×1194mm　1/16	**印　　张：**2.5
版　　次：2018年8月第2版	**印　　次：**2019年11月第6次印刷

ISBN 978-7-5304-9703-6/I・725

定价：39.00元